■ 작가 윤기경

35년 공무원 생활을 마치고, 돌연 동화를 쓴다며 수선을 떨었다.
이제 좋은 그림 동화책을 만든다며 시간을 축낸다.
이번엔 AI동화 그림책을 만드는데, 걱정이 앞선다.
그래도 그의 꿈은 여전히 동화 작가이니, 기를 쓰고 해본다.
AI와 사귀면서, 좀 더 새로운 세계도 알 수 있어 좋다.
"매우 신기하다."
- 1992년 '현대시' 신인작가상
- 2024년 그림책 모임 '그림책이 쿵!' 활동

■ 책 소개

**일각돌고래는 빙하가 녹아내리자,
호기심에 신이 난 탓에 지금 여행 중이다.**

북극의 어린 뿔고래 누루는 녹아내리는 빙하 속에서 신비로운 바다를 탐험하며 여러 친구를 만난다. 투명한 새우 플로, 용감한 타이거피시, 비닐 마법사 졸라, 그리고 가시복어 리오와의 우정이 더해져 그들의 여행은 더욱 특별해진다. 각기 다른 배경을 가진 친구들과 함께 누루는 환경 문제를 직면하며, 팀워크의 힘으로 극복하고 부산 항구에 도착한다. 이 그림책은 어쩌면 우리 환경을 다시 한번 골똘히 염려해야하는 게 아닌가 반문하는 건지 모른다.

일각돌고래의 수상한 여행

글·윤기경 그림·AI

도서출판 자기 다움

일각뿔고래의 수상한 여행

초판인쇄 | 2024년 12월 05일
초판발행 | 2024년 12월 10일

지은이 | 윤기경
그 림 | AI

펴낸곳 | 자기다움
주 소 서울시 중구 충무로 5길 11, 505호
전 화 02)2266-0412
이메일 parkjs8@naver.com
ISBN 979-11-91548-27-3

값 9,500원

이 책의 저작권은 책 저자에게 있으므로 무단 전재 및 복제를 금합니다.
이 책을 무단 전재 또는 복제하면 「저작권법」 제 136조에 의거 처벌을 받습니다.
파본은 구입하신 서점에서 교환하여 드립니다.

일각돌고래의 수상한 여행

CONTENTS

8   Chapter 1.   일각돌고래 '누루'

12   Chapter 2.   투명 새우들의 빛

16   Chapter 3.   새우의 방귀

20   Chapter 4.   미역의 따뜻한 품

24   Chapter 5.   타이거피시

28   Chapter 6.   대구의 변신

32　Chapter 7.　비닐 마법사 '졸라'

36　Chapter 8.　비닐 버스 타고 붕붕

38　Chapter 9.　가시복어의 반항

40　Chapter 10.　친구가 된 가시 갑옷

42　Chapter 11.　갑작스러운 만남

46　Chapter 12.　수상한 눈물

Chapter 1

일각돌고래 '누루'

북극의 차디찬 바다에 어린 뿔고래 누루가 살고 있었다.

기후 온난화로 북극 빙하가 녹는 탓에 주변은 점차 변해가기 시작했다.

그 변화는 누루의 호기심을 자극했다.

"좀 더 멀리 가면, 더 신기한 것들이 있을까?"

누루는 녹아버린 바다를 어푸어푸 숨을 고르며 여행길에 나섰다.

Chapter 2

투명 새우들의 빛

그렇게 여행을 시작한 누루의 눈에
울긋불긋 빛나는 물체들이 보였다.
가까이 다가가 보니
그것들은 알록달록한 플라스틱 새우들이었다.

"은하수처럼 예쁘네!"

새우의 빨간 내장과 청록색 아가미가
반짝반짝 보석처럼 빛났다.

그 예쁜 새우들에게서
"뽀로록뽀로록"하는 소리가 들렸다.

"배고파?"

누루의 물음에 녀석들은
미세한 플라스틱이 가득한 배를 두들기며
깔깔깔 웃었다.
그리곤 방귀만 뿡뿡 뀌었다.
정말 못 말리는 플라스틱 새우들의 방귀 소리가
바다 안을 가득 채우는 느낌이었다.

얼마쯤 지났을까. 예상치 못한 따스한 바닷물이
누루를 감싸기 시작했다.
누루의 눈이 사르르 감기면서 졸음이 몰려왔다.
그때 누군가 누루의 몸을 살랑살랑 더듬어 댔다.

누루가 깜짝 놀라 내려다보니,
그건 생전 처음 보는 기다란 풀들이었다.
정말, 바닷속 풀들이 친절한 손길에
누루는 잠이 들 것만 같았다.

여행은 늘 신기했다.
그만큼 위험한 요소도 있었다.
호랑이처럼 무서운 갈퀴 무늬의 커다란 물고기가
누루 앞을 가로막았다.
녀석은 정말 사납고 덩치가 큰
타이거피시였다.
타이거피시가 꼬리를 휙휙 휘두르며
누루를 위협했다.

하지만, 타이거피시의 위협은
누루의 뿔에 맥도 못 췄다.

"사실 나는 원래 대구였어."

타이거피시의 고백에 누루가 깜짝 놀랐다.
대구는 늘 당하고만 살았던 게 억울했다.
그래서 플라스틱이나 전깃줄, 철판 조각, 핸드폰 칩,
파지 같은 걸 먹고 괴물이 된 것이다.
그런 후에는 누구도 녀석을 괴롭히지 못했지만,
타이거피시는 늘 홀로 외로웠다.

"나도 여행 같이 가자."

타이거피시와 새우들이랑
여행을 시작한 누루 앞에 묘하게 생긴
비닐 주머니 하나가 흐느적거리고 있었다.
몸을 잔뜩 키웠다가 줄이기도 하는 모양새가
분명 마법사 같았다.
녀석은 자신을 '졸라'라고 소개했다.
새우들이 비닐 마법사 졸라를 에웠쌌다.

졸라가 피식 웃는다.

"난 무엇이든 담을 수 있는 능력이 있지."

졸라는 바다 깊숙한 곳을 여행하려고
자기 몸에 잔뜩 바닷물을 담았다.
그곳에는 작은 물고기도 드나들었고,
여러 가지 폐기물도 방문했다.
그래서 졸라 몸 안에 가스가 차서
바다 위로 둥둥 떠오르기도 했다.

"그럼, 우리 버스가 되면 되겠네."

Chapter 9

가시복어의 반항

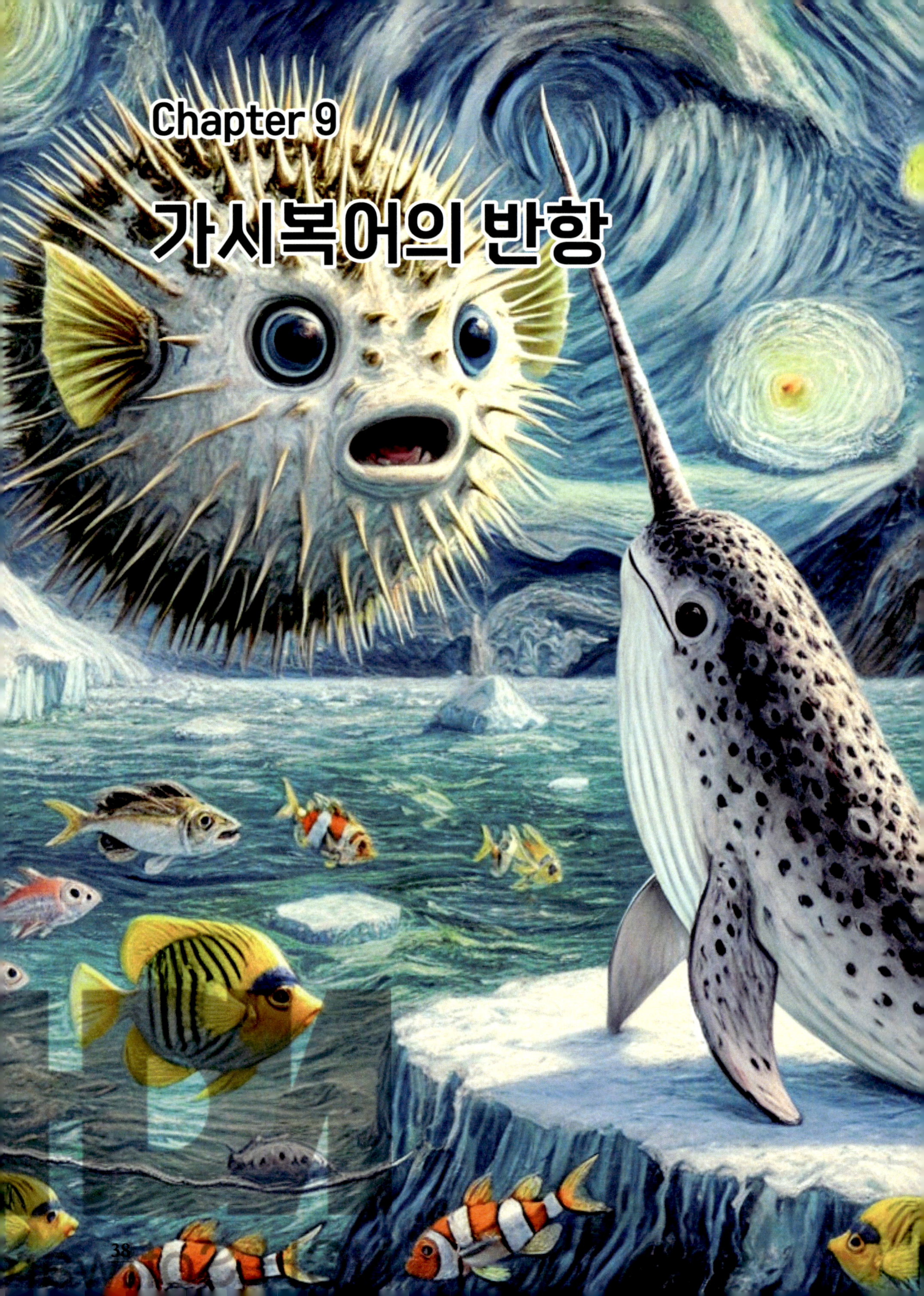

"앗 따가워!"

친구들을 태워 가던 졸라가 비명을 질렀다.
비닐 마법사 졸라의 주둥이가 "피시식~~~" 하며
주저 앉았다.
복어가 졸라의 비닐 주둥이를 찌른 거였다.
가시복어는 몸을 잔뜩 부풀렸다.
녀석은 "뿌우우우우!" 하는 소리를 내며,
모두에게 겁을 주기 시작했다.
하지만, 타이거피시가 인상을 쓰자,
가시복어는 금세 항복하고 말았다.

"난 원래 평범한 복어였어."

복어는 바다 위로 떠도는 맛난 기름을
혼자서만 독차지했다.
날이 갈수록 많아지는 기름을 먹었더니
헐크가 되고 말았다.
가시 갑옷을 입은 헐크 가시복어의 횡포는 끝이 없었다.
누루는 가시복어가 가엾어 보였다.

"내 등에 업혀!"

가시복어는 누루의 따뜻한 친절에 감동하며
여행을 같이하게 되었다.

모두가 누루를 따랐고,
여행길은 더욱 재미있었다.
어둠이 찾아오면,
플라스틱 새우들이 반짝반짝 길을 밝혔다.
모두가 피곤할 때면,
비닐 마법사 졸라는 친구들을 제 몸 안에 태우고 다녔다.
상어가 나타나면,
타이거피시와 가시복어가 몸을 부풀려 쫓아냈다.
그렇게 여행길을 누비다가 어느 부두에 닿았을 때였다.

누루는 처음 사람이란 생명체를 마주했다.
물론 가시복어나 타이거피시도
처음으로 사람을 만난 것이다.
그런데 수상했다.
사람들이 누루와 친구들을 보고
눈물을 보였기 때문이다.

내장이 빤히 보이는 새우, 까만 철갑을 입은 복어,
호랑이 같은 대구, 비닐 마법사의 화려한 모습에
감동된 게 분명했다.
그래서 사람들이 누루의 무리를 놔주는 거 같았다.
사람들은 이구동성으로 잘 가라며 손을 흔들었다.
하지만, 누루의 여행은 아직 끝나지도 않았다.